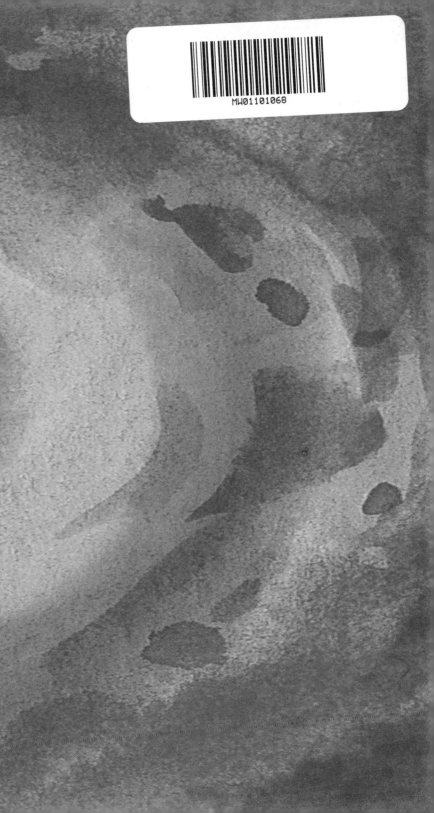

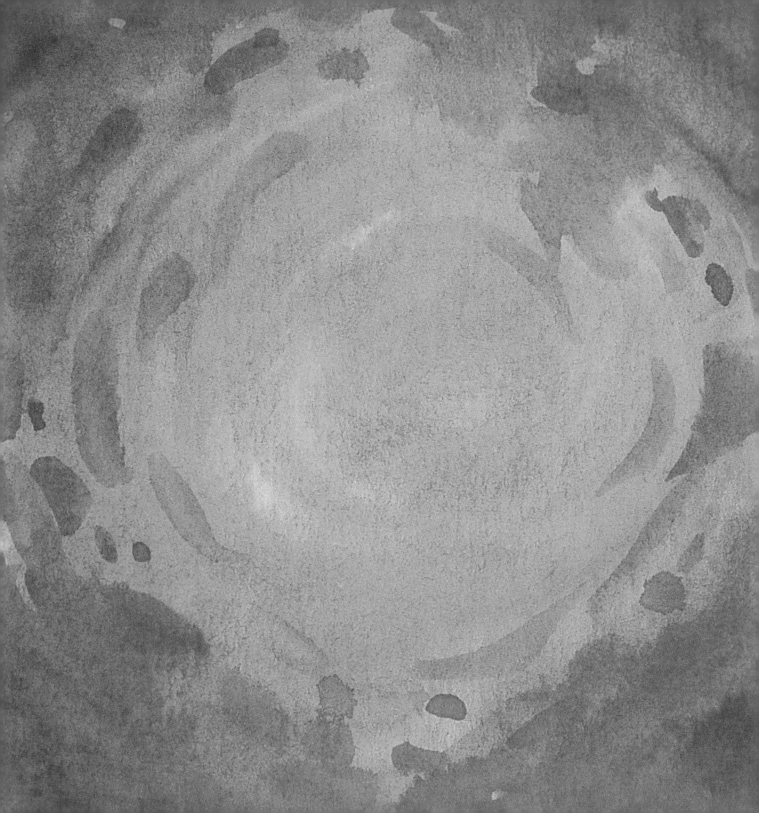

JE SUIS COURAGEUX

UN LIVRE SUR  LA RÉSILIENCE

TEXTE DE SUSAN VERDE · ILLUSTRATIONS DE PETER H. REYNOLDS

Texte français d'Isabelle Fortin

■SCHOLASTIC

À mon héros Gabe, qui n'a jamais peur de tomber,
puis de se relever. Il incarne le courage.
— S. V.

À Purnell « Nell » Sabky, qui nous a enseigné l'amour, le courage
et la résilience, de même que le pouvoir de la collectivité.
— P. H. R.

Catalogage avant publication de Bibliothèque et Archives Canada

Titre: Je suis courageux : un livre sur la résilience / Susan Verde ; illustrations de Peter H.
Reynolds ; texte français d'Isabelle Fortin.
Autres titres: I am courage. Français.
Noms: Verde, Susan, auteur. | Reynolds, Peter H., 1961- illustrateur.
Description: Traduction de : I am courage : a book of resilience.
Identifiants: Canadiana 20220162735 | ISBN 9781443193177 (couverture rigide)
Classification: LCC PZ23.V438 Jec 2022 | CDD j813/.6–dc23

Version anglaise publiée en 2021 par Abrams Books for Young Readers,
une division d'ABRAMS.

Édition publiée par les Éditions Scholastic, 604, rue King Ouest, Toronto (Ontario) M5V 1E1,
Canada, avec la permission d'Abrams.

5 4 3 2 1   Imprimé en Chine 62   22 23 24 25 26

Conception graphique : Pamela Notarantonio et Jade Rector
Assistance du studio Reynolds : Julia Young Cuffe
Les illustrations de ce livre ont été créées à l'aide d'encres numériques et traditionnelles,
de gouache, d'aquarelle et de thé.

Quand des obstacles se dressent sur ma route,

que je me sens incertain,

que j'ai peur de tomber...

Et que j'ai envie de rebrousser chemin

ou d'abandonner.

Quand ma tête me dit que je n'y arriverai pas...

Je me tourne vers l'intérieur et je trouve
la force qui se cache en moi.

Je me dis alors :

« Je PEUX y arriver! »

J'ai confiance en mes capacités.
J'accepte le défi
et je poursuis ma route.

J'avance, une respiration
à la fois.

Je fais preuve de bravoure.

Je suis courageux.

J'ai confiance en mon instinct.

Je crois en moi.

Même si j'ai peur, je continue d'avancer.

Je persévère.

Quand je tombe, je me relève.
Je suis résilient.

Je peux compter sur les gens qui m'entourent.

Je n'ai pas peur de demander de l'aide.

J'essaie d'encourager
ceux qui doutent.
Je suis là pour eux.

Je sais qu'il n'y a pas de honte à s'ouvrir.

Je raconte mon histoire.

J'interviens quand quelqu'un a de la difficulté.

Je sais comment aider.

J'ouvre la voie pour les autres.

Je donne l'exemple.

Quand je manque d'assurance et que je commence à perdre l'équilibre,

je me recentre
et je rassemble mes forces.

Je sais ce que je suis.

Je suis
COURAGEUX.

Et je peux continuer à avancer.

Nous pouvons tous continuer à avancer.

Nous sommes forts.

Nous sommes capables.

Nous sommes importants.

Nous sommes courageux.

ET nous

triomphons.

Note de l'auteure

L'idée qui nous vient souvent à l'esprit quand on pense au courage est celle d'une personne sans peurs qui combat des dragons avec assurance ou qui parcourt le monde en surmontant tous les obstacles sur son chemin. De l'extérieur, on peut croire que ça vient aisément, que ces gens n'ont jamais peur. Mais ce n'est pas vrai. Même si chacun a ses propres craintes, nous avons *tous* peur à un moment ou à un autre, et nous n'avons pas à le cacher. C'est bien d'en parler. Le courage, ce n'est pas l'absence de peur. Le vrai courage, c'est d'avoir peur, mais d'affronter les difficultés, que ce soit en demandant de l'aide, en exprimant sa vérité ou en combattant un dragon. Une fois le danger écarté, la peur devient une occasion de grandir. Ce livre raconte comment trouver le courage en nous quand nous nous sentons effrayés ou incapables. Il parle de toutes les façons dont nous faisons preuve de courage chaque jour et du fait que nous *allons* tomber, mais que nous avons la capacité de nous relever et de continuer. Car nous sommes tous courageux.

Alors que les enfants apprennent à être eux-mêmes et à s'aimer, mais aussi à trouver leur voix et à faire preuve de résilience, la pratique du yoga et de la pleine conscience offre plusieurs moyens de les aider à développer leur courage dans un espace sûr et non compétitif. Le yoga permet d'aborder les difficultés avec curiosité et bienveillance envers soi-même. Il nous donne la possibilité d'observer nos peurs et de déterminer s'il y a un réel danger ou si nous pouvons poursuivre notre chemin. Certaines postures sont difficiles et risquent de nous faire tomber à répétition. D'autres sont puissantes et nous permettent d'exprimer notre force intérieure. Le courage dont nous faisons preuve en pratiquant le yoga se transpose dans notre vie quotidienne. Le yoga libère dans notre cerveau des substances chimiques qui réduisent la peur et le stress. Il renforce notre confiance en nos capacités. Les choses difficiles que nous tentons de faire quand nous pratiquons le yoga nous aident à affronter les difficultés extérieures. Nous pouvons ensuite utiliser ce sentiment de courage dans notre vie.

La pleine conscience, c'est aussi observer nos peurs et apprendre à créer une certaine distance avec celles-ci plutôt que de les laisser nous envahir. Tu peux y parvenir simplement en te concentrant sur ta respiration. Lorsque tu as peur, tu peux chercher à ancrer ton esprit au rythme de ta respiration, ce qui t'aidera à faire une pause, à te calmer, à voir les choses plus clairement et à prendre des décisions. Bref, tu seras plus apte à décider si tu dois continuer d'avancer ou t'arrêter en cas de réel danger.

Voici quelques postures de yoga et des techniques de respiration pour t'aider à te sentir brave et confiant, et pour continuer d'être la personne courageuse que tu es!

La posture puissante : Cette posture, souvent appelée « chaise », est excellente pour renforcer les jambes et le tronc tout en sollicitant l'imagination. Debout, les pieds collés, fléchis les genoux en pressant bien sur les talons, puis lève les bras au-dessus de ta tête ou le plus haut possible. Tu ressentiras les effets de cette posture dans tout ton corps. Comme elle est difficile à maintenir, concentre-toi, et inspire et expire par le nez en comptant lentement jusqu'à dix. Tu peux même imaginer que tu es sur le point de t'envoler courageusement dans l'espace. Tu es PUISSANT!

Le guerrier 3 : Les postures de guerrier sont utiles pour renforcer la confiance et faire en sorte qu'on se sente fort. Mais celle-ci en particulier, qui demande beaucoup d'équilibre et de concentration, aide à se sentir incroyablement courageux. Debout, les pieds collés, lève les bras bien droits au-dessus de la tête en pressant les paumes l'une contre l'autre. Fléchis la taille vers l'avant en soulevant une jambe bien droite vers l'arrière et en allongeant les bras vers l'avant jusqu'à ce que les bras, la tête et la jambe soient parallèles au sol et que le corps forme un « T ».

Assure-toi que tes deux hanches pointent vers le bas et que ton dos est plat. Fixe un point sur ton tapis de yoga ou sur le plancher, puis inspire et expire par le nez. Observe combien de temps tu arrives à garder l'équilibre. Ressens la force dans tout ton corps tandis que tu essaies de maintenir la posture. Après quelques respirations lentes et profondes, reviens en position debout, les bras détendus le long du corps. Quand tu es prêt, répète avec l'autre jambe. Remarque quel côté est le plus difficile. Sois attentif à la puissance que tu ressens.

Le lion rugissant :
Quoi de plus courageux qu'un puissant lion? Libère le lion ou la lionne *en toi!* Cette posture est un bon moyen de réduire la peur et l'anxiété pour te sentir plus courageux. Agenouille-toi au sol, les fesses sur les talons. Pose les mains sur tes cuisses et prends une grande inspiration par le nez tout en pressant les mains sur tes cuisses. Puis, en expirant, détends les mains, sors la langue et laisse sortir un son fort comme si tu poussais un énorme rugissement! Au début, tu auras peut-être l'impression d'être ridicule. Mais après quelques fois, tu te sentiras énergisé et plus fort, comme si tu laissais aller ce qui te fait peur à chaque rugissement.

La respiration régulière :
Cette activité de respiration consciente aide à créer un équilibre entre le corps et l'esprit. Quand nous avons peur, notre cœur bat rapidement et notre respiration devient irrégulière, comme si nous manquions d'air. Une respiration régulière permet de calmer les choses et nous donne l'occasion de détourner notre attention de la peur. Assieds-toi dans une position confortable ou étends-toi sur le dos. Ferme les yeux. Pose les mains sur ton ventre et commence à observer ta respiration en inspirant et en expirant par le nez. Puis ralentis lentement ton souffle en contrôlant son rythme. Inspire d'abord pendant trois secondes, puis expire aussi pendant trois secondes. Une fois que tu es à l'aise, ajoute une ou deux secondes. Tu peux même augmenter jusqu'à six secondes ou plus, du moment que l'inspiration et l'expiration ont la même durée. Continue pendant quelques respirations et remarque comment tu commences à te poser et à te détendre. Si ton esprit s'égare et que tu perds le compte, ne t'en fais pas. Recommence simplement du début. Une fois que tu as terminé, ouvre les yeux lentement et prends un moment pour observer comment tu te sens avant de retourner à tes activités.

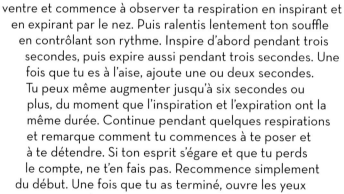

N'oublie pas de te rappeler que tu vas y arriver! Je le sais, parce que tu es courageux.